Pluto

fabula amoris

Rachel Ash
&
Miriam Patrick

Liber emendatus a
Laura Gibbs et Bob Patrick

Liber Parvus pro Prima Classe Latina

Pomegranate Beginnings Publishing
Lawrenceville, Georgia

Pluto: a love story
Copyright © 2015 by Miriam Patrick and Rachel Ash

ISBN 978-0692706992

For Information about permission to reproduce selections
from this book, write to
pomegranatebeginnings@gmail.com.

Printed in the United States of America

Capitulum I - Pluto

ego sum deus. sum deus
mortuorum. sum rex. sum
rex mortuorum. nomen mihi
est Pluto. nemo me amat. dei
me non amant. mortales me

non amant. nemo me amat.
sub[1] terra habito. cum
mortuis habito. dei in caelo
habitant, ego sub terra. nemo
mecum[2] habitat. nemo sub
terra habitare vult. sum
tristis.

    dei me puerum
deridebant. mihi non
placebant. fratrem habeo.
Iuppiter vocatur. Iuppiter est
rex mortalium. Iuppiter et
dei me deridebant. Iuno,
puella pulchra et soror mea,

---

[1] under
[2] with me

me deridebat. iam[3] dei sunt amici mei, sed[4] nemo me amat.

    iam puer non sum. sum deus. sum rex. sed tristis sum. coniugem non habeo. coniugem habere volo: coniugem pulchram et sapientem. nolo coniugem stultam habere. sed nemo me amat. frater meus coniugem habet. Iuno vocatur et soror mea est. olim Iuppiter rogavit,[5] "Pluto, frater, cur tristis es? amicos habes!

---

[3] now
[4] but
[5] asked

stultus es! amicos et familiam habes!"

non sum stultus. Iuppiter est stultus. Iuppiter mihi non placet. Iuppiter multos amicos… minime… multas amicas habet. Iuppiter multas amicas habet et coniugem! Iuppiter me non intellegit.

eheu! nemo me amat: nec dei, nec mortales, nec mortui. nemo me amat. sed ego unam amo. una puella mihi valde placet. puella est pulchra. puella est sapiens.

puella est optima. olim
puellam in terra vidi. puella
flores[6] sumebat et cum
amicis ridebat. puella
pulchrior est quam omnes
dei; puella sapientior quam
omnes dei. puella mihi
placet. ego puellam amo.
volo donum puellae dare,
sed timeo.

---

[6] flowers

Capitulum II - Proserpina

ego sum filia. ego sum
dea. sum puella. nomen mihi
est Proserpina. mater mea
Ceres vocatur. mater est dea

terrae. mater me amat. me
ferociter amat. mater mea est
optima. matrem amo. eam
ferociter amo. terram
ferociter amo. terram et
matrem et flores et amicas et
animalia amo! patrem habeo.
pater Iuppitur vocatur. pater
in caelo habitat, sed in terra
laborat.[7] pater meus mortales
amat. mortales non amo.
mortales terram necant.
terram amo. mortales non
amo.

amo in terra ambulare et
flores sumere. flores amo

---

[7] works

ferociter! flores sunt pulchri.
amo flores sumere et amo
matrem mihi fabulas dicere.
olim[8] mater me rogavit,
"filia, Proserpina, visne te
coniugem esse?"

matrem non
intellegebam et rogavi, "quid
rogas?"

mater inquit,[9]
"Proserpina, mea filia, tu es
puella. sed es puella pulchra
et es dea. dei te volunt
coniugem facere."

---

[8] once
[9] said

matrem intellexi et dixi me coniugem esse nolle.

"optime." mater mihi fabulam dicit. mater mea Iovem amabat, sed Iuppiter matrem meam non amavit. cur Iuppiter erat crudelis? mater Iovem non intellegebat. Iuppiter coniugem habebat et coniunx non erat mater. iam, mater neminem amat, sed me solam.[10]

---

[10] alone

Capitulum III - Pluto

fratrem, Iovem, video.
fratrem agito. frater in terra
currit. currere mihi non

placet, legere mihi placet.
sed fratrem agito. frater est
athleticus, ego non. "frater,"
inquam, "coniugem habere
volo."

frater respondet,
"coniugem. quis erit?"

fabulam dico. puellam
pulchram amo. puella est
pulchrior quam omnes deae.
volo eam coniugem facere.

Iuppiter ridet et inquit,
"certe, frater. coniugem
habebis. iam librum lege.
volo currere."

Capitulum IV - Proserpina

eram exanimata. ubi
sum? flores non video.
terram non video. matrem
non video. ubi est mater?
mater! quid accidit?

flores sumebam. eram in
terra cum amicis. flores

sumebam et mortalem vidi.
minime, non mortalem,
deum vidi! eheu! misera
sum! matrem videre volo!
flores sumere volo! terram
videre volo!

quid? quis? deum audio.
deus ad me ambulat! eum
timeo! eum video. estne
monstrum? tristis est. deus
nihil dicit. me spectat. rogo,
"quis es? cur me cepisti? ubi
est mater mea?" deus nihil
dicit. deus mihi donum
demonstrat. est

malogranatum.[11] deus mihi
donum dat et exit. donum in
solum pono. nolo comedere.

---

[11] pomegranate

Capitulum V - Proserpina

tres menses[12] cum deo
habitabam. monstrum non
est. eum non intellego, sed
monstrum non est. Pluto
vocatur. Pluto mecum

---

[12] months

considit cotidie. mihi malogranatum donum dat cotidie. et incipit mihi dicere. numquam me petit. numquam me tangit. mecum considit et mihi dicit. nolo donum capere, sed nolo eum tristem esse. et… eum amare incipio. matrem videre volo, sed malogranatum comedere volo.

mater mihi dixit deos monstra esse et me non amare. estne Pluto monstrum? sub terra non est horribile. Pluto mihi flores dat et me amat. dei sunt athletici, Pluto non est. Pluto est sapientior quam omnes dei et libros mihi legit. Pluto canem habet. Cerberus vocatur. mortales et dei Cerberum timent, sed ego canem non timeo. canis me amat. Pluto amicum habet. Charon vocatur. mortales Charonem timent, sed ego Charonem non timeo. Charon et ego ridemus. matrem videre volo, sed laeta sum.

Capitulum VI - Pluto

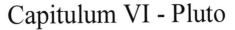

eam, Proserpinam, amo.
volo eam coniugem facere et
eam amo. pulchra est.
pulchra et sapiens est. eam
specto. eam specto cum

Cerbero et Charone. canis
meus erat tristis. iam est
laetus. Charon erat iratus.
iam est laetus. et ego? eram
miser. numquam eram
laetus. eam amo. laetus sum.

di immortales! quid est?
Iuppiter Mercurium,
amicum, misit. Mercurius
mihi dixit Cererem filiam
videre velle. quid est? miser
sum iterum.[13] ad
Proserpinam celeriter curro.

---

[13] again

Capitulum VII - Proserpina

Iuppiter Mercurium
misit sub terra. mater me

videre vult! eheu! timeo.
matrem amo, sed Plutonem
ferociter amo. Mercurius
mihi inquit, "Salve, puella!
mater tua misera est. misera
et irata est. nemo in terra est
laetus. nemo ridet. flores
sunt tristes. animalia sunt
tristia. terra est tristis. ad
matrem te iam duco."

eheu! nolo sine[14]
Plutone habitare, nec in terra
nec sub terra. quid accidit?
matrem videre volui, sed iam
cum Plutone habitare volo.
laeta sum cum Plutone. Pluto

---

[14] without

mihi dicit et ridet. misera
sum.

subito Plutonem specto.
malogranatum in solo est.
Pluto me spectat. consilium
capio. malogranatum subito
sumo. Mercurium specto.
Plutonem specto.
malogranatum specto et
comedo. Mercurius me
spectans inquit, "Mehercle!
te ad matrem duco!"

Pluto me spectat. "quid?
malogranatum comedisti?
cur?"

Plutonem specto et lente inquam, "Pluto, me cepisti in terra et habitabam sub terra tres menses. nolo habitare sine te. te amo, Pluto."

Mercurius est iratus. ego sum laeta.

Capitulum VIII - Proserpina

coniugem videre volo. eum ferociter amo sed non possum cum Plutone habitare semper.[15] habito sex menses cum matre et sex menses cum coniuge. cum matre flores sumo et in terra curro. cum coniuge canem habeo et libros lego.

---

[15] always

cum matre sum puella. cum
coniuge sum regina. cum matre
flores sumo. cum coniuge amorem
habeo. numquam sum tristis.
hodie[16] coniugem video. laeta sum.

mortalem cum Plutone specto.
mortalis est tristis. audio. mortalis
miser est. coniunx mortalis est
mortua. Eurydice vocatur. mortalis
coniugem videre vult. mortalis
fabulam habet et fabulam cantat.[17]
Pluto dicit se fabulam intellegere
sed coniugem mortuam esse. ad
Plutonem ambulo.

---

[16] today
[17] sings

"Pluto, mitte puellam ad terram. commemores[18] te olim puellam non habuisse." Pluto nihil dicit. Pluto me spectat et ridet. sum laeta.

finis

---

[18] remember

Index Verborum

accidit	happened	dea	goddess
ad	to/towards	demonstro, demonstras, demonstrat	shows
agito, agitas, agitat	chases	derideo, derides, deridet	laughs at
ambulo, ambulas, ambulat	walk	deus	god
amica	friend/girlfriend	di immortales	immortal gods
amicus	friend/boyfriend	dico, dicis, dicit	say/tell
amo, amas, amat	loves	dies	day
amorem	love	do, das, dat	gives
animal	animal	donum	gift
athleticus	athletic	duco, ducis, ducit	leads
audio, audis, audit	hears	eam	her
caelum	sky	ego	I
canis	dog	eheu	oh no
canto, cantas, canta	sings	eram	I was
capio, capis, capit	take/capture	erat	he was
celeriter	quickly	es	you are
cepisti	you captured	esse	to be
certe	certainly	est	is
comedo, comedis, comedit	eats	et	and
commemores	remember	eum	him
coniunx	spouse	exanimata	unconscious
consido, considis, considit	sits	exeo, exis, exit	leaves
consilium capio	I have an idea	fabula	story
cotidie	every day	facere	to make
crudelis	cruel	familia	family
cum	with	ferociter	fiercely
cur	why	filia	daughter
curro, curris, currit	runs	flos	flower

frater	brother
habeo, habes, habet	has
habito, habitas, habitat	lives
Hercle, mehercle	By Hercules!
horribilis	horrible
iam	now
in	in
incipio, incipis, incipit	begins
inquam, inquit	said
intelligo, intelligis, intelligit	understands
Iovem	Iuppiter
iratus	angry
iterum	again
laboro, laboras, laborat	works
laetus	happy
lego, legis, legit	reads
lente	slowly
liber	book
malogranatum	pomegranate
mater	mother
me	me
mea	my
mecum	with me
mihi	to me/my
minime	no
miser	miserable
misit	sent
mitte	send
monstrum	monster
mortales	mortals/humans
mortuus	dead
multus	many

nec	not
neco, necas, necat	kills
nemo	no one
nolle	to not want
nolo, non vis, non vult	not want
nomen	name
non	not
numquam	never
olim	once
omnes	all
optima	awesome/amaz
pater	father
peto, petis, petit	attacks
placet, placent	is pleasing
possum	I am able
praeter	except
puella	girl
puerum	boy
pulchra	pretty/beautifu
pulchrior	prettier
quam	than
quem	whom
quid	what
quis	who
regina	queen
respondeo, respondes, respondet	responds
rex	king
rideo, rides, ridet	laughs
rogo, rogas, rogat	asks
salve	hello
sapiens	wise
se	he

secum with him		**tango, tangis, tangit** touches
sed but		**te** you
semper always		**terra** earth
sine without		**timeo, times, timet** fears
solum floor		**tres** three
soror sister		**tristis** sad
spectans watching		**tu** you
specto, spectas, spectat watches		**tua** your
stultus stupid		**ubi** where
sub under		**una** one
subito suddenly		**valde** very much
sum I am		**video, vides, videt** sees
sumo, sumis, sumit pick up		**vocatur** is called
sunt they are		**volo, vis, vult** wants/wishes

Acknowledgements

When Rachel and I decided to write this novella, we were trying to fill a need we felt we had as teachers of Latin students. We knew we wanted to write something that was meaningful to us, but that also could be used by others. We wanted a novella that our students would find compelling and that would fit teachers' many needs.

We settled on the mythology surrounding a pair of deities close to both of our hearts: Pluto and Proserpina, god and goddess of the Underworld. I have long enjoyed the mythology surrounding these two and became even more interested in them when my art history teacher in college described them as the royal couple opposite of Jupiter and Juno. Where Jupiter and Juno were bright and heavenly, Pluto and Proserpina were dark and "Underworldly". Juno was accompanied by peacocks, Proserpina by pomegranates and Cerberus. More intriguing than all this, however, was the pull of the mystery of this love story and just what happened when Proserpina was kidnapped by Pluto.

Our story has a slightly different spin that most we've read. Pluto is not the menacing, daunting man often seen, but rather misunderstood and lonely. Proserpina is not a wholly innocent and unsuspecting girl, but rather one who takes control of her own destiny.

Our version is meant to be a Latin I reader with accompanying pictures, and it contains a complete glossary in the back in alphabetical order. Our hope is that teachers and students alike enjoy this version of the myth of Pluto: a love story.

There are some people we'd like to acknowledge in this work. After writing and rewriting, two people stepped forward to help us edit and review our story. Bob Patrick and Laura Gibbs not only edited our story for errors and typos, but also provided invaluable feedback for our story, its comprehensibility, and how compelling readers would find it. To them we give our unending thanks.

Miriam Patrick
September 6, 2015

Made in the USA
Middletown, DE
23 August 2018